VENTE DU VENDREDI 1er MAI 1914
HOTEL DROUOT, SALLE N° 8

A deux heures

FAIENCES ET PORCELAINES

Anciennes et Modernes

BELLE PAIRE DE POTICHES EN PORCELAINE DE CHINE
ÉPOQUE KANG-SHI

TABLEAUX — BIJOUX

BRONZES

MEUBLES

Mᵉ DUBOURG	**M. ÉDOUARD PAPE**
COMMISSAIRE-PRISEUR	*Expert près le Tribunal civil*
8, Rue d'Alger	174, rue du Faubourg St-Honoré
PARIS	PARIS

EXPOSITION PUBLIQUE
Le Jeudi 30 Avril 1914, de 2 heures à 6 heures

CONDITIONS DE LA VENTE

Elle sera faite au comptant.

Les adjudicataires paieront *dix pour cent* en sus des enchères.

Paris. — Imp. de l'Art, Ch. Berger, 41, rue de la Victoire.

DÉSIGNATION

TABLEAUX ANCIENS
ET MODERNES

1 — Nature-morte : *Coq mort suspendu au-dessus d'un chaudron*.

2 — Pastel ovale : *Jeune Femme décolletée, des fleurs à la main*.

3 — Tableau de l'École française du XVIIᵉ siècle : *L'Assomption*..

4 — *Intérieur de Ferme*. Toile de l'École hollandaise (?) du XVIIᵉ siècle. Cadre bois sculpté.

5 — *Saint Jean présentant la croix à l'Enfant Jésus sur les genoux de sa mère*. Panneau de cuivre, XVIIᵉ siècle.

6 — *Portrait de Femme*, de l'École française du XVIIIᵉ siècle, dans le goût de RAOUX. Cadre ancien.

PORCELAINES ET FAÏENCES
ANCIENNES ET MODERNES

7 — Théière, sucrier et tasse en ancienne porcelaine dure de Chantilly, à décor de fleurettes d'or.

8 — Partie de service bleu, jaune et or, en porcelaine anglaise : neuf tasses et soucoupes, pot à lait, bol et deux assiettes.

9 — Pot de toilette, à décor de fleurs, en ancienne porcelaine de Locré.

10 — Potiche à huit pans en ancienne faïence de Delft, à décor bleu de vases de fleurs et de lambrequins.

11 — Garniture de trois pièces : deux cornets et une potiche côtelés en ancienne faïence de Delft, décor bleu de scènes chinoises et branchages fleuris.

12 — Deux assiettes, à décor d'ustensiles divers, en ancienne porcelaine de Chine. Époque Kien-lung.

13 — Deux potiches couvertes, à décor de fleurs de pêcher sur fond bleu, en ancienne porcelaine de Chine.

14 — Bouteille en porcelaine de Chine, fond bleu fouetté à réserves polychromes.

15 — Quatre petites potiches en ancienne porcelaine de la Chine et du Japon.

16 — Deux assiettes, à décor de personnages et fong-hoang en ancienne porcelaine de Chine. Époque Kien-lung.

17 — Deux potiches couvertes en ancienne porcelaine de Chine, à décor de personnages sur fond bleu.

18 — Deux petites potiches couvertes en ancienne porcelaine de la Compagnie des Indes.

19 — Fontaine tripode à anse en porcelaine du Japon.

20 — Deux magots assis en porcelaine du Japon.

21 — Trois bouteilles en porcelaine du Japon.

22 — Paire de bouteilles en porcelaine du Japon imitant le cloisonné.

23 — Lot de douze tasses et douzes soucoupes en ancienne porcelaine de la Chine et du Japon.

24 — Trois petites potiches en ancienne porcelaine de Chine, décor polychrome. Époque Kien-lung.

25 — Six compotiers en ancienne porcelaine de Chine, décor de personnages, fleurs et paysages. Époque Kien-lung.

26 — Pot à lait, compotier, quatre assiettes, porcelaine de Sèvres, décor doré avec chiffres.

27 — Paire de grands vases couverts, à effigies de personnages royaux sur fond bleu. Porcelaine genre Sèvres.

28 — Huillier en porcelaine de Sèvres, du service de Munich.

29 — Deux cruches et deux bouteilles, avec couvercles, en porcelaine de Wedgwood, à personnages blancs sur fond bleu.

30 — Paire de vases bleu-turquoise à réserves de fleurs polychômes. Porcelaine genre Sèvres.

31 — Coupe ronde en ancienne porcelaine de Saxe, à bouquets polychromes et branchages.

32 — Cinq statuettes en porcelaine de Saxe : singes musiciens, musicienne, etc.

33 — Quatre compotiers carrés, décor d'oiseaux polychrome, en porcelaine de Saxe.

34 — Deux soupières, décor polychrome, en ancienne faïence de Rouen.

35 — Soupière en ancienne faïence de Lorraine.

36 — Douze couteaux et fourchettes, avec manches en ancienne faïence blanche, à ornements en relief.

37 — Trois assiettes, décors polychromes variés, en ancienne faïence de Moustiers.

38 — Grand plat, de forme ovale, décor camaïeu bleu de chevaux marins, singes et ornements dans le goût de BÉRAIN. Ancienne faïence de Moustiers.

39 — Deux assiettes, à décor polychrome de personnage et d'animal grotesque. Ancienne faïence de Moustiers.

40 — Petit cache-pot, décor polychrome de guirlandes de fleurs et médaillons à sujets mythologiques. Ancienne faïence de Moustiers.

41 — Plat, décoré de personnages, animaux et grotesques en manganèse. Ancienne faïence de Moustiers.

42 — Deux assiettes, décor polychrome de bouquets de fleurs, en ancienne faïence de Marseille.

43 — Plat long, décor à la pagode; bordure quadrillée, présentant quatre réserves décorées d'écrevisses. Ancienne faïence de Rouen.

44 — Petite boîte à épices, décor bleu, en ancienne faïence française.

45 — Petite jardinière en ancienne faïence française, à décor de fleurs.

46 — Sept assiettes et un petit plateau en ancienne faïence française.

47 — Dix assiettes, décor au Chinois, en ancienne faïence de Strasbourg.

48 — Beurrier couvert, à plateau adhérent, décor polychrome au Chinois. Ancienne faïence de Strasbourg.

49 — Trois pièces, faïence et porcelaine : plat de Rouen, vase de Chine et bouillon en faïence.

50 — Sucrier couvert et son plateau en porcelaine décorée de bouquets polychromes.

51 — Assiette en ancienne faïence de Strasbourg, décor de fleurs. Marque de *Joseph Hannong*.

52 — Lot de porcelaines modernes.

53 — Deux grandes potiches couvertes, décor de fleurs, ustensiles et ornements en bleu, rouge, noir et or. Ancienne porcelaine du Japon.

54 — Paire de belles potiches, de forme balustre et quadrilobées. La panse aplatie présente huit réserves à paysages animés d'oiseaux et d'animaux chimériques. A la base, bande à fond clathré. Ancienne porcelaine de Chine. Époque Kang-shi.

Haut., 65 cent.

BIJOUX

55 — Bracelet en argent doré émaillé bleu.

56 — Boucle longue en argent doré et pierres de couleur.

57 — Parure, composée d'un peigne, deux boucles d'oreille et une broche en métal et turquoises.

58 — Broche en or émaillé, présentant un enfant nu avec, sur un cartouche, le mot : *Pax*.

59 — Parure, composée d'un collier et d'une broche : sujets mosaïque italienne.

60 — Broche, ornée d'une gouache à sujet de fleurs.

61 — Bracelet en or et verre bleu chargé de roses.

62 — Broche ornée de pierres de couleur et de petites perles, présentant une miniature de jeune femme sur émail.

63 — Petite plaques d'émail, boîte en argent, broche carrée avec pierres de couleur.

64 — Broche-bracelet en argent, à maillons et cabochons ornés de trèfles en pierres de couleur.

65 — Châtelaine en cuivre. Style Louis XVI.

66 — Montre en or, à sujet tiré de l'antiquité. Époque Louis XV.

67 — Montre en or, incrustée de pierres de couleur et d'émail.

68 — Montre en or et demi-perles, fond émaillé bleu.

69 — Perle fine noire en forme de poire.

BRONZES, PIÈCES MONTÉES
OBJETS VARIÉS

70 — Deux bouteilles fond bleu fouetté, à rehauts d'or. Monture bronze doré. Ancienne porcelaine de Chine.

71 — Grand gobelet, à décor intérieur, en porcelaine du Japon. Monture bronze. Style Louis XVI.

72 — Coupe en porcelaine de Chine. Monture bronze. Style Empire.

73 — Pendule, présentant un éléphant en émail cloisonné supportant une pagode.

74 — Six pièces bronze patiné : écrevisse, sanglier, escargot, etc.

75 — Potiche Vieux Japon, montée bronze.

76 — Candélabre, à six lumières, en bronze, orné d'un magot assis en émail cloisonné.

77 — Quatre statuettes en bronze patiné : le duc d'Orléans, par BARRET, le duc de Nemours, par MENNESSIER, etc.

78 — Garniture de cheminée, composée d'une pendule et de deux candélabres, à six lumières, en bronze doré, de style Louis XV.

79 — Paire de chenets ornés de salamandres en relief, avec pelle et pincette en cuivre.

80 — Coupe en porcelaine genre Sèvres, sur un support en bronze doré.

81 — Coupe, à décor d'amours sur fond bleu, en porcelaine genre Sèvres. Monture en bronze.

82 — Coupe, forme bateau, à décor de fleurs et sujet galant, en porcelaine genre Sèvres. Monture en bronze.

83 — Miniature de jeune femme.

84 — Trois verres à pied, gravés d'effigies et de motifs divers.

85 — Coffret rectangulaire, laqué noir et or, à décor de fleurs.

86 — Boîte, en forme de fruit, en bois incrusté de jade, lapis, etc. Travail chinois.

87 — Deux boîtes ovales, médaillons d'ivoire et gouaches.

88 — Coffret en bois laqué bleu, orné de plaques de porcelaine décorée et de bronzes.

89 — Paire de buires en verre rose. Monture en bronze doré.

90 — Reliquaire en bois noir, contenant un petit Christ en ivoire.

91 — Lot de seize pièces ivoire ajouré ou sculpté : ronds de serviette, éventails, lions, etc...

92 — Coffret en bois de santal, orné de nombreux personnages. Travail chinois.

93 — Cadre contenant un Christ en ivoire, du xviiie siècle.

SIÈGES ET MEUBLES

94 — Petite console à deux pieds en bois sculpté et doré. Dessus de marbre. Style Régence.

95 — Table, à bords mouvementés, marquetée de cuivre et d'écaille. Style Louis XIV.

96 — Meuble d'entre-deux marqueté de cuivre et d'écaille. Style Louis XIV.

97 — Table en bambou rectangulaire, recouverte de panneaux en laque noir et or.

98 — Console en acajou à quatre pieds. Les pieds de devant, terminés par des griffes de lion, présentent des têtes de sphinx au sommet. Marbre bleu-turquin. Époque Empire.

99 — Baromètre en acajou. xɪxᵉ siècle.

100 — Table laquée noir et or.

101 — Deux glaces en bois doré. Style Louis XV.

102 — Petit modèle de chiffonnier à nombreux tiroirs. Marqueterie de cubes. Style Louis XV.

103 — Petite table en bois de placage. Style Louis XV.

104 — Quatre chaises et un divan, avec trois coussins recouverts de soie brodée japonaise.

105 — Ameublement de salon en tapisserie, à décor de bouquets de fleurs, comprenant : un canapé, quatre fauteuils, six chaises et deux tabourets.

106 — Objets omis.

www.ingramcontent.com/pod-product-compliance
Lightning Source LLC
La Vergne TN
LVHW010912180726
843502LV00010B/4104